PEQUEÑAS PRINCESAS

Textos e ilustraciones:
Martín Morón

Las princesas siempre fueron hermosas, pero, además, pueden hacer muchas cosas. Pueden disfrutar con alegría y con amigos, pueden cantar y bailar. Pueden ser cariñosas, pero también pueden poner límites. Pueden ser dulces y pequeñas, pero también pueden tramar cosas grandes. Pueden explorar y conocer, y quedarse hasta muy tarde leyendo y aprendiendo. Una pequeña princesa puede tomar decisiones, aunque sean difíciles, porque una princesa también puede poner un poco de orden en el reino.

Blanca Nieves

En el bosque, el aire es puro y fresco, el
sol es cálido y los árboles están llenos
de pájaros. Blanca Nieves atrae a todas
las criaturas. Todos vienen corriendo
entusiasmados a recibirla, especialmente
los más chiquitos. La rodea toda clase
de animalitos, desde los ciervos hasta los
pajaritos.

Rapunzel

Encerrada en lo más alto de una torre, la pequeña Rapunzel tiene mucho trabajo, pero no sólo con su pelo. El problema es cómo escapar, porque no puede esperar a que venga un príncipe a rescatarla... ¿Y si ningún príncipe se anima? No, no, no. Hay que pensar un plan. La pequeña Rapunzel piensa, calcula, planea y su pelo está tan largo que ya puede usarlo para bajar. Entonces... ¿para qué esperar?

Mulán

"Con el arco, las flechas y las espadas no tengo problema... ¿cómo puedo tener tanto problema para preparar un té?", decía, afligida, la pequeña Mulán. Siempre se le caía algo, se le volcaba una taza, o se le enfriaba el agua. Pero, con mucha práctica y dedicación... hoy no sólo es una pequeña y aguerrida princesa, también prepara un exquisito té del que se habla en toda China.

Princesa Bella

A ver, esto es un baile de gala... ¿Me parece o usted y yo ya tuvimos esta conversación? Pero claro, al señor las palabras le entran por una oreja peluda y le salen por la otra oreja peluda. ¿Y ese pelo? ¿Pasó algún tornado por el palacio? Digo, porque sus pelos son un desastre pero el peine sigue en su lugar, ¿o me equivoco? Ahora va y se cepilla la cara, se lava los pelos y se peina los dientes. O, bueno, como sea.

Cenicienta

Si tenemos que decir en una palabra lo que hace la pequeña Cenicienta, esa palabra es "cantar". Sí, ella canta, y canta, canta todo el tiempo, canta porque está contenta y cantar la hace todavía más feliz.

Pocahontas

América es una tierra enorme y hermosa, y la pequeña Pocahontas quiere conocerla toda. Cuando el camino es largo o difícil, hasta los expertos piden su guía, trabajo que Pocahontas acepta con gran alegría. Conoce los bosques y los ríos. La saludan las águilas, los peces y los osos. Para la pequeña Pocahontas, ¡su tierra es lo más hermoso!

La pequeña princesa y el sapo

-¡Oh, dulce, pequeña y hermosa princesa! Si me das un beso, me convertirás en...

-No, pará, pará, pará. ¿Sos otro sapo que se va a convertir en príncipe? ¿De dónde sacaron los sapos que yo me iba a creer una cosa así?

-Bueno, no te enojes... La verdad es que soy sólo un sapo, pero vos... sos muy linda, princesa... Y si me das un beso me vas convertir en... ¡en el sapo más feliz del mundo!

-Ay, sos muy dulce, sapito... pero te veo todo verde y lleno de verrugas... y me da un poco de asquito. Por ahí algún día me animo; mirá que me voy a acordar de vos, sos un sapito muy especial.

-¿En serio? ¡Ay, princesa, soy tan feliz! -dijo el sapito y en un salto de alegría se tiró al agua.

La bella durmiente

Ya desde chiquita ella sabe que algún día será reina, y eso es una gran responsabilidad. Muchas cosas pueden mejorar en su reino, y todo eso, a ella le interesa. Le interesa tanto que se queda hasta muy tarde leyendo y leyendo. Y claro... al otro día... ¿Quién la puede despertar?

Arquitectura

Fantásticos
Palacios
Reales

La más
ingeniosa
Ingeniería

La pequeña Sirenita

De la pequeña Sirenita, lo que no conocíamos aún era su carácter:
-Que yo no te vuelva a ver queriendo comerte a los más chiquititos.
¿Me entendiste?
-Güeno...

Las pequeñas princesas, hoy

Ser hermosa es mucho más que vestidos y peinados. Por eso las princesas de hoy van a la escuela, hacen deportes, les gusta el arte, cantan y bailan. Quieren aprender y aprender, ¡porque tienen mucho para hacer!